谨将此书献给《二十首情诗和一支绝望的歌》
问世 100 周年。

二十首情诗
和一支绝望的歌

PABLO NERUDA

[智] 巴勃罗·聂鲁达　著

赵振江　译

湖南文艺出版社

图书在版编目 (CIP) 数据

二十首情诗和一支绝望的歌 / (智) 巴勃罗·聂鲁达著; 赵振江译. —— 长沙: 湖南文艺出版社, 2024.1
（诗苑译林）
ISBN 978-7-5726-1421-7

Ⅰ.①二… Ⅱ.①巴… ②赵… Ⅲ.①诗集 – 智利 – 现代 Ⅳ.① I784.25

中国国家版本馆 CIP 数据核字 (2023) 第 180866 号

ERSHI SHOU QINGSHI HE YI ZHI JUEWANG DE GE

二十首情诗和一支绝望的歌

[智] 巴勃罗·聂鲁达 / 著
赵振江 / 译

出 版 人 / 陈新文
责任编辑 / 耿会芬
责任校对 / 徐 晶
内文插画 / [瑞] 乔瓦尼·贾科梅蒂
书籍设计 / 刘盼盼

出版发行 湖南文艺出版社
　　　　（长沙市雨花区东二环一段 508 号 邮编：410014）
网 　址　http://www.hnwy.net
印 　刷　湖南省众鑫印务有限公司
经 　销　新华书店
开 　本　787mm×1092mm　1/32
印 　张　4.5
字 　数　75 千字
版 　次　2024年1月第1版
印 　次　2024年1月第1次印刷
书 　号　ISBN 978-7-5726-1421-7
定 　价　58.00元

聂鲁达和他的情诗

义务和爱情
是我的两只翅膀

——巴勃罗·聂鲁达

巴勃罗·聂鲁达(1904年7月12日—1973年9月23日),原名内夫塔利·里卡多·雷耶斯·巴索阿尔托,是智利乃至世界诗坛的重要诗人,1971年获诺贝尔文学奖。聂鲁达是在我国传播最广、影响最大的外国诗人之一。

聂鲁达生于智利中部的帕拉尔城,此地盛产葡萄酒,他的祖辈即以种植葡萄和酿酒为生。1906年他家迁居智利南部的特木科镇。父亲是一名铺路司机,母亲在他刚刚满月时就去世了,幸好他有一位慈祥的继母。

聂鲁达在中学时便开始写作。1917年7月他13岁时在特木科《晨报》上发表了一篇题为《热情与恒心》的文章,这是他第一次发表作品。从此以后,他不断使用不同的笔名在家乡和首都的学生刊物上发表习作。1919年玛乌莱省举办诗歌比赛,他的诗《理想夜曲》获三等奖。从1920年起,他正式使用巴勃罗·聂鲁达作为自己的笔名。1921年3月,聂鲁达离开家乡到圣地亚哥教育学院学习法语。不久,他的诗《节日之歌》在智利学生联合会举办的文学竞赛中获一等奖。1923年他出版了第一部诗集《晚霞》,第二年他的成名作《二十首情诗和一支绝望的歌》问世,引起智利文学界的瞩目,奠定了他在智利诗坛的地位。紧接着他又发表了诗集《奇男子的尝试》(1925)《指环》(1926)和小说《居民及其希望》(1926)。

聂鲁达于1927年步入外交界,先后任智利驻仰光(1927)、科伦坡(1928)、(雅加达)(1930)、新加坡(1931)、布宜诺斯艾利斯(1933)、巴塞罗那(1934)、马德里(1935—1936)和墨西哥城(1940—1942)的领事或总领事。这期间的主要诗作是《大地上的居所》。

1936年,西班牙内战爆发。聂鲁达坚定地站在西班牙人民一边,参加了保卫共和国的战斗。正是由于这个原因，智利政府要他离职。诗人怀着极大的愤怒与痛苦回到了自己的祖国。1937年他发表了不朽的诗篇《西班牙在心中》。然后他又奔走于巴黎和拉美之间，呼吁各国人民声援西班牙人民的反法西斯斗争。

1939年他被智利政府任命为驻巴黎专门负责处理西班牙移民事务的领事。他竭尽全力营救集中营里的共和国战士，使数以千计的西班牙人来到拉丁美洲。反法西斯战争的洗礼改变了聂鲁达的诗风。他决定将更多的精力放在诗歌创作上。1940年8月他到墨西哥城任总领事，并访问了美国、危地马拉、巴拿马、哥伦比亚、秘鲁等许多国家，写下了许多著名的诗篇。1943年11月，聂鲁达回到圣地亚哥。他在黑岛买下了一处别墅，在那里着手创作《漫歌》。

1945年在聂鲁达的一生中是难忘的一年：他当选为国会议员，获得了智利国家文学奖，并于同年加入了智利共产党。这时候，聂鲁达既感到兴奋和骄傲，又感到忧虑和失望。在硝石和铜矿区，成千上万没有进过学校、没有鞋子穿的劳苦大众投他的票，然而与此同时，那些衣着华丽的达官贵人却在灯红酒绿中消磨醉生梦死的时光。他经常在荒凉地区最穷苦人家的茅屋里过夜，给他们朗诵自己的诗作，听他们诉说苦难和希望。这样的经历和感受在他当时的诗歌创作上留下了鲜明的烙印。

1948年智利共产党被宣布为非法组织，大批的共产党人被投入监狱。聂鲁达不得不中止《漫歌》的创作。他的住宅被放火焚烧，他本人遭到反动政府的通缉，被迫转入地下，辗转在人民中间并最终完成了《漫歌》的创作。

1949年2月他离开了智利，经阿根廷去苏联，并到巴黎参加了世界和平大会。他到欧美和亚洲的许多国家，积极参加保卫和平运动。1950年他获得列宁国际和平奖。1951年至1952年，他暂居意大利，在此期间曾来中国访问。1952年8月智利政府撤销了对他的通缉令，人民以盛大的集会和游行欢迎他的归来。回国后，他过了几年比较安定的生活，除参加国际文化活动之外，专心从事创作，完成了《元素的颂歌》（1954）、《元素的新颂歌》（1956）和《颂歌第三集》（1957）。1957 年他当选为智利作家协会主席。同年再次来华访问。

20 世纪 60 年代以后，国际政治风云变幻不能不对他的创作产生影响，但是对于一个"历尽沧桑"的诗人，希望之光是不会泯灭的。1969 年 9 月，他接受了智利共产党总统候选人的提名。他在《回忆录》中说："每个地方都要求我去。成百成千的普通人，男男女女都紧紧地拥抱我、吻我并哭泣，他们把我感动了。圣地亚哥郊外贫民区的人、科金波的矿工、来自沙漠的铜矿工人、怀抱婴儿等候好多小时的农村妇女，从比奥比奥河流域到麦哲伦海峡对岸那些受到冷漠的穷人，在滂沱大雨中，在大街小巷的泥泞里，在冷得使人发抖的南风中，我向他们讲话或者朗诵我的诗。" 这次竞选只是促成人民联盟各党派合作的战略。当人民联盟推举阿连德为共同候选人之后，聂鲁达立即退出竞选，支持阿连德直至取得最后胜利。

在此期间，聂鲁达的诗作有《出海与返航》(1959)、《爱情十四行诗 100 首》（1959）、《智利的岩石》（1961）、《典礼的歌》（1961）、《全权》（1962）、《黑岛纪事》（1964）、《鸟的艺术》（1966）、《沙滩上的房屋》（1966）、《船歌》（1967）、《世界末日》（1969）、《还有》（1969）、《烧红的剑》（1970）、《无用地理学》（1972）、《孤独的玫瑰》（1972）等。

1970 年他被阿连德政府任命为驻法国大使。1971 年 10 月获诺贝尔文学奖。1973 年 9 月 11 日智利发生军事政变，阿连德总统以身殉职。同年 9 月 23 日，聂鲁达与世长辞。在聂鲁达逝世以后，人们又出版了他的诗集《冬天的花园》《2000 年》《黄色的心》《疑难集》《挽歌》《海与钟》《挑眼集》以及回忆录《我坦言曾历尽沧桑》、散文集《我命该出世》等。

聂鲁达是一位多产的诗人，其诗作题材广泛，风格多样。在此仅对这三部诗集做个简要介绍。

《二十首情诗和一支绝望的歌》是聂鲁达的成名作，出版于1924年，当时作者还不满二十岁。在创作这些诗篇的时候，聂鲁达刚从外省来到首都。爱情抚慰了他孤独的心灵，焕发了他磅礴的诗兴。爱情和大自然是聂鲁达早期诗歌的创作源泉。正如诗人在1957年访华时所说："……首先，诗人应该写爱情诗。如果一个诗人不写男女间的恋爱，就是一个很奇怪的诗人，因为人类的男女结合是世间非常美好的事情。如果一个诗人不写祖国的大地、天空和海洋，那他也是一个很奇怪的诗人，因为诗人应该揭示事物和人的本质、天性。"毫无疑问，爱情和大自然是贯穿这部诗集的两个主题。这些诗歌自然，流畅，节奏鲜明，将朴实无华的语言与鲜明生动的形象融为一体，尤其受到青年读者的喜爱，是世界诗坛发行量最多的情诗之一。

这些情诗基本是献给两位少女的。诗人分别称她们为玛丽索尔（即"大海阳光"）和玛丽松布拉（即"大海阴影"）。玛丽索尔是一位名叫黛蕾莎·莱昂的姑娘。1920年春天，黛蕾莎当选为特木科的春光皇后，十六岁的诗人写诗向她祝贺，并发表在当地的报纸上。从此，两人之间产生了一段纯真而又动人的恋情。二十首情诗中的第3、4、7、8、11、12、14、17以及那支《绝望的歌》是写给这位纯真、开朗、快乐的少女的。但是最终，他们还是分手了。这不仅因为从特木科到圣地亚哥，需要坐一天一夜的火车，主要还是因为双方的家庭属于不同的社会阶层，姑娘的父母对聂鲁达不屑一顾，而黛蕾莎又没有背叛家庭的勇气和决心。这是诗人铭心刻骨的初恋，也是他受到的人生第一次沉重打击。对于黛蕾莎来说，聂鲁达可能是她唯一深爱过的男人。她始终珍藏着聂鲁达写给她的情书，寄给她的照片。她一遍一遍地摩挲着那些泛黄的信纸，阅读那些柔情蜜意的文字，凝视那张年轻英俊的面孔。她在与聂鲁达分手后的二十几年中，当年光彩照人的"春光皇后"，尽管有众多的追求者，却一直孤独地度过悠悠岁月。直到四十五岁的时候，她才嫁给了一位比她小二十岁的打字机技师。1972年，美丽的黛蕾莎在圣地亚哥的侄女家去世。但是爱情并未随之葬入坟墓。正如聂鲁达在《黑岛纪事》中献给黛蕾莎的诗中所说，那往日的爱情，或许在小鸟的坟墓、黑石英、雨水打湿的木头中对抗时间的流逝，并化作了永恒。

玛丽松布拉名叫阿尔贝蒂娜·罗莎·阿索卡尔。她和聂鲁达一样，也是南方的外省人，有明显的印第安人血统。她是首都的女大学生，戴灰色贝雷帽，有着最温柔的眼睛。和黛蕾莎相比，她不仅内向，而且有几分骄傲和矜持。据阿尔贝蒂娜回忆，聂鲁达比她小一岁。每年九月和十二月的假期，他们经常一起坐火车回家：在达圣·罗森多下车后，聂鲁达回特木科，而阿尔贝蒂娜则去康塞普西翁。但是好景不长，一年多之后，离阿尔贝蒂娜家很近的康塞普西翁大学也开设了法语课，所以她只好听从父亲的安排转到那里继续学习。一对恋人又要忍受离别之苦。圣地亚哥和康塞普西翁相距500公里！聂鲁达别无他法，只好用一封封炽热激情的信排解自己的苦闷和孤独。从1921年开始到1932年止，阿尔贝蒂娜一共收到聂鲁达115封信（有说是111封）。这些用五颜六色的信纸和墨水写就的情书记录了聂鲁达对阿尔贝蒂娜深切的思念。但后者似乎并没有那么投入。除了偶尔一些充满感情的信之外，她经常迟迟不予回复，即便回复，也是草草了事。对此，聂鲁达起初感到万般痛苦，后来觉得自尊心受到巨大创伤。1927年，诗人漂洋过海，来到缅甸的首都仰光任领事。他举目无亲，甚至连一个讲西班牙语的人都碰不到。这是他一生最孤独无助、与世隔绝的时候。他一到仰光就把阿尔贝蒂娜的大照片摆在房间的桌子上。在凝视她的时候想念她，在想念她的时候凝视她。他不断地从他那冷清狭小的房间里给她写信，为她写诗。阿尔贝蒂娜大学毕业后，在一所实验学校任教，后来被送往比利时进修。于是聂鲁达热情洋溢的情书又飞往了欧洲。在这些信里，除了表达思念之苦外，还急切地催促阿尔贝蒂娜来仰光和他结婚。聂鲁达对待此事非常严肃，他认真地告诉阿尔贝蒂娜：他已经准备好了一切……他还细致入微地向她解释该怎么乘船。他每天都在焦急地等待，但是阿尔贝蒂娜始终没有回信。

聂鲁达对阿尔贝蒂娜的爱持续了至少十一年，那是贫穷大学生式的爱情。在这份感情中，他似乎总是不满足，总是感到失落、痛苦甚至绝望。正是这些复杂的情感体验激发了诗人表达的欲望，才会有那些流传至今的震撼心灵的诗篇。聂鲁达自己在五十岁生日的时候说，二十首情诗中的第1、2、5、7、11、13、14、15、17、18这十首是写给玛丽松布拉的。其实，聂鲁达有时会把"阳光"和"阴影"混淆，有时说"灰色贝雷帽"是玛丽索尔，有时又说那是玛丽松布拉。其实，这些诗是写给谁的并不重要，重要的是诗人在用真心写自己的真情，他为我们展示了一个二十岁的青年对于爱与美的渴望和追求。正因为如此，这些诗才会带给一代又一代读者心灵的震撼与情感的共鸣。

《船长的诗》和《爱情十四行诗100首》都是聂鲁达写给玛蒂尔德·乌鲁蒂亚（1912—1985）的，分别发表于1952年和1959年。要说这两部情诗，就不能不说说聂鲁达的三次婚姻。他第一次结婚在1930年，时任驻爪哇巴达维亚（今雅加达）领事，妻子是一位有马来血统的荷兰女子，名叫玛丽亚·安东涅塔·哈格纳尔（1900—1965），这是一次失败的婚姻。1934年，他在西班牙认识了比自己年长二十岁的画家黛丽娅·德·卡里尔（1885—1989）。后者是一位成熟、干练、热情、有魅力的女性，是一位坚定的共产主义战士。两人相互吸引，但对于聂鲁达，黛丽娅不仅是情人，更像他的"导师和母亲"。在和聂鲁达相处的十八年中，黛丽娅一直像大树一样挺立在他身旁，像母亲一样为他遮风挡雨，陪伴他从苦吟诗人到革命战士的成长历程。聂鲁达和黛丽娅并未正式结婚，只是于1943年在墨西哥举行了一场不被法律认可的婚礼。1946年在智利总统大选期间的一次露天音乐会上，聂鲁达结识了歌唱演员玛蒂尔德。三年后，两人又辗转在墨西哥相遇。当时聂鲁达正在生病，玛蒂尔德体贴入微，两人坠入爱河。但他们都不愿伤害黛丽娅的感情和自尊，始终秘密地保持情人关系。这期间，诗人的心情是复杂的。首先是内疚，黛丽娅在他心中坚定、果敢、独立、倔强的印象依然鲜明如初，他对黛丽娅有难以言表的感激之情。但同时，他对玛蒂尔德的真爱也无法放弃，因而只能寄希望于时间来冲淡怨怼，原谅过失，抹平伤痕。

1952年的意大利之旅，让两人在卡普里岛度过了一段美好时光。电影《邮差》表现的正是诗人的这一段经历。在此期间，聂鲁达几乎每天给玛蒂尔德写诗，后由朋友汇集成册，在那不勒斯匿名出版了50册，题为《船长的诗》。1953年，在阿根廷又多次再版，成为畅销诗集。直至1963年，聂鲁达才承认自己是该诗集的作者。墨西哥经济文化基金会与联合国教科文组织合作，于1992年出版了报刊绘图版《船长的诗》，编者是这样评价这部诗集的：《船长的诗》是抒情诗的新发展，它包含了围绕在人们身边并激励人们的主旋律，如诗中有大海和沃土的大自然，祖国和它的堡垒，还有充满爱意的凝视。全书由七个部分组成："爱情""渴望""狂怒""生命""颂歌与萌芽""贺婚诗"和"途中信札"。在这部出色的作品中，聂鲁达颂扬了爱情及其生命力。对文字的娴熟运用和对抒情的把握，无疑使聂鲁达成了拉丁美洲文学领域中最重要也是最受欢迎的诗人之一。

从某种意义上说，《爱情十四行诗100首》是《船长的诗》的续篇，是聂鲁达首次公开发表写给玛蒂尔德的诗作。正因为有上述经历，他在献词中写道："我最亲爱的夫人，当我写这些被误称为十四行诗的作品时，是何等的煎熬，痛心疾首，苦不堪言，但是当我把它们献给你时，喜悦比大草原还要广阔。"

《二十首情诗和一支绝望的歌》是少男少女的初恋之歌。青春萌动，天真无邪，激情澎湃。初恋是美好的，但往往以遗憾告终。因为"二十首情诗"最终化作"一支绝望的歌"。聂鲁达和黛丽娅的爱情也是纯洁、美好的，但他们之间的爱更像母爱；直到聂鲁达去世后，黛丽娅仍说"他是个孩子"。玛蒂尔德和聂鲁达的爱是真爱。她对聂鲁达一见钟情，为了不伤害黛丽娅，她在将近六年的时间里，小心翼翼，如影随形般做秘密情人，饱受思念之苦。要不是黛丽娅不能原谅诗人的"背叛"，这种尴尬还不知会持续到何时。

在共同生活的二十几年里，玛蒂尔德不仅无微不至地照顾聂鲁达的起居生活，还帮他誊抄诗稿，陪同出访和聚会，这些事情是他前两任妻子不愿也不肯做的。而且渐渐地，玛蒂尔德也变得越来越坚强，沉稳，勇敢，谨慎，成为聂鲁达革命斗争的好帮手。在聂鲁达去世后，玛蒂尔德不屈不挠，丝毫不被军政府的高压统治所吓倒，坚持为聂鲁达举办葬礼。那次葬礼成为阿连德被害之后智利第一次声势浩大的反军事政变和独裁统治的抗议活动。在料理完聂鲁达后事之后，玛蒂尔德顾不得悲伤，立即投入整理聂鲁达遗著的事业中。每年的 7 月 12 日和 9 月 23 日——诗人的生日和忌日，玛蒂尔德一定会守在聂鲁达的墓前，她希望告诉全世界，聂鲁达永远活在热爱自由和民主的人民心中。1985 年，玛蒂尔德由于癌症去世。1992 年 12 月 12 日，聂鲁达和玛蒂尔德的遗体终于迁回黑岛，合葬一处，实现了诗人生前留下的遗愿[1]。

总之，从这些滚烫的诗句不难看出，聂鲁达对玛蒂尔德的爱是真诚的，由衷的，全身心投入的（其实，他在爱每个女人时皆如此）。但笔者认为，玛蒂尔德对他的爱，则是更无私，更忠诚，更无可挑剔，也更令人钦敬。

赵振江

2023 年 3 月 1 日

于北京大学

---

1 他在《漫歌·我自己·后事》中写道："同志们，请把我埋在黑岛，/ 让我面对熟悉的大海、面对我这失明的眼睛再也无法看到的 / 每一片起伏的石滩和海面。……请在我的旁边为我所爱的女人开个墓穴，/ 待到有一天让她再一次在地下与我相伴。"

目录 · Contents

船长的诗 (1952)

二十首情诗和一支绝望的歌

（1924）

情诗·第一首

　女性的身躯，洁白的山丘，洁白的双腿，
　　　你献身的姿态宛似这世界。
　　　为了让婴儿从大地的底部跳出
　　　我粗野农夫的身躯将你挖掘。

　孤独的我像隧道，鸟儿从我身上逃离
　　　强大的黑夜侵袭了我的躯体。
　　为了生存，我曾将你锻造成一件武器，
　　　像弓上的箭，投石器上的石粒。

　　但报复的时刻降临，可是我爱你。
　肌肤、苔藓、贪婪而又坚韧的乳汁的身体。
　　啊，胸部的酒杯！啊，迷茫的眼睛！
　　阴部的玫瑰啊！缓慢而忧伤的叫声！

　我的女人的躯体，我将执著于你的魅力。
　我的渴望，无限的情欲，我的路扑朔迷离！
　　昏暗的沟渠，我永恒的渴望、我的疲惫
　以及我无限的痛苦都将在那里持续不已。

黄昏逝去伴随着回响，爱为你
神秘的声音染色并使它成倍增长！
于是在深刻的时辰里，我看见
麦穗在田野上随风荡漾。

情诗·第二首

即将逝去的光焰将你遮笼。
苍白的你，全神贯注，忧心忡忡。
背向黄昏中古老的风车
它的翼片在你周围转动。

我的女友，默不作声，
在这死亡的时刻孤身只影
但又充满火的活力
将被毁的日子纯洁地继承。

一束阳光落在你深色的衣裙。
突然从你的灵魂
长出黑夜粗壮的根，
你的隐私重又表露在外面
一个刚出生、苍白、蓝色的村民
便从你那里汲取养分。

啊，黑暗与光明交替的女奴，
伟大，丰满，像磁铁一样：昂首
挺立，争取并赢得如此活跃的创造

花儿纷纷落下，自己满怀忧伤。

情诗·第三首

辽阔的松林啊，崩裂的涛声，
光线缓慢的游戏，孤独的钟，
姑娘啊，陆上的海螺，大地
在你身上歌唱，黄昏落入你的眼睛。

河流在你身上歌唱，我的灵魂从河中逃离
如你所想的那样并向你喜欢的地方逃去。
请在你的希望之弓上为我标明路途
我将在痴迷中将自己的箭射出。

我正在自己的周围观赏你云雾的腰身
而你的寂静在追逐我受折磨的时辰，
正是你和你那透明岩石的双臂，我的亲吻
在那里抛锚，我湿润的欲望在那里筑巢。

啊，黄昏逝去伴随着回响，爱为你
神秘的声音染色并使它成倍增长！
于是在深刻的时辰里，我看见
麦穗在田野上随风荡漾。

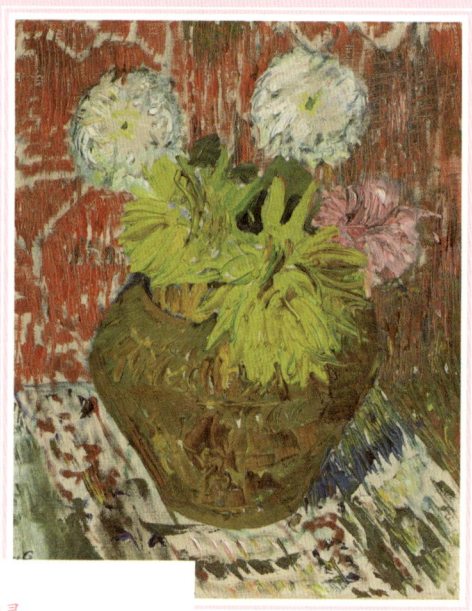

风无数的心灵，

跳动在我们相爱的寂静。

情诗·第四首

风暴席卷着清晨
在夏季的心中。

白云像一块块告别的手帕在漫游，
风用漫游的双手将它们摆动。

风无数的心灵
跳动在我们相爱的寂静。

在林间呼呼作响，神圣而又动听，
如同一种语言，充满战斗与歌声。

风飞快地掠走枯枝败叶
并扰乱了鸟儿跳动之箭的飞行。

风将她推倒，在没有浪花的波涛
失重的物质和倾斜的火中。

她亲吻的力度在爆裂并沉没
在夏日的风口拼搏。

她亲吻的力度在爆裂并沉没
在夏日的风口拼搏。

情诗 · 第五首

为了让你
听得见我的话语
它们有时细得
像海鸥在沙滩上的足迹。

项链，陶醉的铃铛
献到你像葡萄般柔软的手上。

我望着自己在远方的话语。
它们其实更属于你。
它们像常春藤一样爬上我痛苦的往昔。

它们这样攀上潮湿的墙壁。
这淌血的游戏，由你引起。
它们正在逃离我阴暗的巢穴。
你无所不在，充满一切。

它们先于你，占据了你的孤独，
它们比你更习惯于我的愁苦。

此刻我愿它们道出对你的诉说
为了让你听到它们如同想让你听到我。

苦闷的风依然常常将它们拖跑。
梦幻的狂飙依然不时将它们横扫。

在我痛苦的声音中你会听到别的声音。
古老口中的哭泣，古老乞求的血滴。

伴侣啊，爱我吧。跟着我，别将我抛弃。
伴侣啊，跟着我，在这苦恼的波涛里。

我的话语会染上你的爱的色彩。
你占据了一切，无所不在。

我要用所有的话语做成一条长长的项链
献给你洁白的双手，她们像葡萄一样柔软。

情诗 · 第六首

　　我记得你宛若去年秋天的模样。
　　灰色的贝雷帽，平静的心情。
　　叶片纷纷落在你灵魂的水面。
　　黄昏的火焰搏斗，在你的眼中。

　　你像一条藤蔓将我的双臂缠紧，
　　叶片在收集你缓慢、平静的声音。
　　我的渴望在惊愕的篝火里燃烧。
　　蓝色温柔的风信子倒向我的灵魂。

　我感到你的眼睛在漫游，而秋天多么遥远：
　灰色的贝雷帽，鸟儿的啼鸣和家的心田，
　　　我深切的欲望向那里迁徙
　　我快乐的亲吻火炭般落在那里。

　　从船上仰望天空。从山冈将田野眺望。
　　你的记忆是光芒、烟雾与平静的池塘！
　　　晚霞在你眼睛的深处燃烧。
　　秋天的落叶盘旋在你的灵魂上。

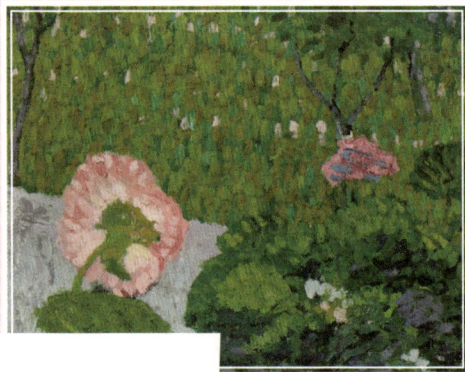

谁在南方的星空用烟雾的字母
写下你的名字？

情诗·第七首

傍晚，我将自己忧伤的网
撒向你双眸的海洋。

我的孤独伸展并燃烧在熊熊的篝火里
宛似一个溺水者旋转自己的双臂。

我向你迷茫的双眼发出红色的信号
它们在灯塔边的海上涌起波涛。

我远方的女人，你只保存着黑暗，
恐怖的海岸有时在你的目光里浮现。

傍晚，我俯身将忧伤的网
撒向搅动你大海般双眸的汪洋。

夜鸟啄食那些初升的星星
它们在闪烁，宛似我爱你时的心灵。

夜跨着自己昏暗的雌马驰骋
将蓝色的麦穗撒向田垄。

洁白的蜂啊，在蜜中陶醉，在我灵魂中奏鸣
你在烟雾缓慢的螺旋里蜿蜒前行。

我是绝望者，话语没有回声，
曾拥有一切，也曾两手空空。

牢系我最后的渴望，最后的缆绳，
你是最后的玫瑰，在我荒凉的园中。

啊，寂静！

请闭上你深邃的眼睛。夜在那里将翅膀舞动。
啊，请赤裸你的躯体，它像一尊雕塑令人惊恐。

你有一双深邃的眼睛。夜在那里将翅膀扇动。
花一样清新的手臂，玫瑰一样的心胸。

你的乳房像洁白的海螺。
在你的腹部，一只影子般的蝴蝶来安然入梦。

啊，寂静！

这里有你所缺席的孤独。
冒着雨。海风猎取流浪的海鸥。

雨水赤脚行走在湿漉漉的街上。
树叶，在抱怨那棵树，像病人一样。

洁白、迷茫的蜜蜂，依然在我的灵魂奏鸣。
你在时间中复活，苗条而又宁静。

啊，寂静！

情诗·第九首

在松林和漫长的亲吻里陶醉，
驾驭着玫瑰夏日的风帆远航，
加固水手坚实的狂热，屈身
向又瘦又长日子的死亡。

面色苍白并紧贴着贪婪的水
穿越露天环境的酸味，
身上还披着灰色的衣裳和苦涩的声音，
头上顶着被抛弃的浪花那痛苦的头盔。

我忍受着激情，乘着自己唯一的波浪，
冒着燃烧、寒冷、太阳，月亮
顿时在幸运的岛屿进入梦乡
它们洁白，温柔，像清凉的臀部一样。

我亲吻的衣裳疯狂地抖动
在潮湿的夜里，疯狂地带电运行，
以一种英雄的方式，在我身上
实践，分化成迷人的玫瑰和梦境。

顺水而上，在外面的波浪里，
我的双臂支撑着你平行的身躯
它像一条紧紧贴在我灵魂上的鱼
既快且慢，沐浴着天下的活力。

情诗·第十首

我们竟失去了今天的黄昏。
当蓝色的夜在世上降临
谁也没看见紧握双手的我们。

我通过自己的窗户看见
远山上夕阳的狂欢。

有时像一枚钱币，一片
太阳燃烧在我的双手之间。

我回忆着你，你熟悉的悲痛
压迫着我的心灵。

那时，你在哪里？
什么样的人围绕着你？
说着什么样的话语？
纯真的爱情为什么会突然降临在我身上
当我感到悲伤，并觉得你在远方？

总是在黄昏时拿起的那本书落在地上，

我的外衣像一条受伤的狗滚动在脚旁。

你总是，总是在傍晚远去
去向黄昏迅速抹掉那些雕像的地方。

半个月亮，几乎在天外
　　抛锚在两山之间。
眼睛的挖掘者啊，夜在漫游，旋转。
　　请看有多少星星，碎在池塘里面。

逃跑，做一个哀悼的十字架，在眉宇间。
　　蓝色金属的熔炉，无声搏斗的夜晚，
　　　我的心像疯狂的飞轮一样旋转。
　　　来自如此遥远地方的姑娘，
　　　　眼神有时在天底下闪光。
　　　抱怨，风暴，愤怒的旋涡，
　　　　不停地从我的心灵穿过。
坟墓之风传送、毁坏、分散你瞌睡的根。
　　在它的另一侧，将一棵棵大树拔起。
但是你，清晰的姑娘，烟雾、麦穗的疑问。
　　那是风用闪光的叶子组成的。
夜间山峰的后面，燃烧的洁白的百合，
　　啊，我无话可说！那是万物的杰作。

　　渴望用利刃切开我的心胸，

是走另一条路的时候了，她在那里没有笑容。
风暴将一口口钟埋葬，暴风雨漫天飞翔
为何在此时将她触摸，为何要让她悲伤。

啊，继续远离一切的行程，她没有
在那里阻拦痛苦、死亡和严冬，
用在露水中睁开的眼睛。

情诗·第十二首

你的胸膛对我的心足矣。
我的翅膀对你的自由足矣。
将从我的口升到天上
在你灵魂上安睡的东西。

那是你心中每日的憧憬。
你到来就像露水落在花冠。
用你的缺席破坏地平线。
永远在逃走，宛若波澜。

我说你在风中歌唱
犹如松树，宛似桅杆。
像它们一样高大并默默无言。
突然又宛似远行而变得伤感。

像古道一样接纳他人。
充满着回响和怀念的声音。
我醒来，但你灵魂上安睡的鸟儿
有时却迁徙并逃遁。

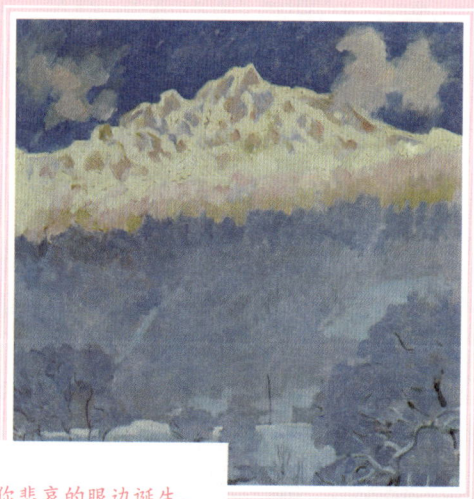

我的灵魂在你悲哀的眼边诞生。

梦的国度在你悲哀的眼中形成。

情诗·第十三首

我用一个个火的十字架
标示了你身躯洁白的地图。
我的口，在你身上，在你身后，
羞怯，渴求，像一只隐蔽爬行的蜘蛛。

在黄昏岸边给你讲述的故事，
忧伤而又温柔的姑娘，是为了你不再忧伤。
一只天鹅，一棵树，遥远而又快乐之物。
葡萄的时光，成熟与果实的时光。

生活在一个港口的我，在那里开始爱你。
孤独穿插着梦想与沉寂。
在大海与痛苦之间禁闭。
在两个宁静的船夫之间，沉默，痴迷。

在双唇与声音之间，有什么在渐渐死亡。
它属于苦闷和忘却，它具有鸟儿的翅膀。
它们就像留不住水的网。
几乎没留下颤抖的水滴，我可爱的姑娘。
不过，在这些转瞬即逝的话语中，有什么在歌唱。

有什么在歌唱，有什么升到我贪婪的口上。

啊，可以用所有快乐的话语将你赞扬。

歌唱，燃烧，逃走，宛似疯子手中的一座钟楼。

你突然变成了什么，我忧伤的情意？

当抵达最陡峭与寒冷的巅峰

我的心便像夜间的花朵一样关闭。

情诗·第十四首

你每天都和宇宙之光玩耍。
敏感的客人，伴随着花儿和水到达。
你不仅是我捧起的洁白的头颅
更像我每天手捧的鲜花一束。

自从我爱上你，你便与众不同。
请让我伸展在黄色的花环中。
谁在南方的星空用烟雾的字母写下你的名字？
啊，让我想起你的模样，那时你还没来到世上。

突然风开始吼叫并击打我关闭的窗。
天空像挂满隐隐约约的鱼儿的网。
所有的，所有的风都要吹到这里。
雨脱掉了自己的衣裳。

鸟儿逃离。
风在吼。在吼。
我只能与人世的力量搏斗。
暴风雨使昏暗的落叶聚集在一起
并让昨晚系在天空的所有船儿四处漂流。

你在这里，啊，你没有逃。

你会回答我最后的呐喊。

你似乎害怕，忘了在我身边。

然而有时一个奇怪的影子会掠过你的双眼。

现在也一样，给我带来了忍冬，小姑娘。

连你的乳房都散发着芳香。

当可悲的风驰骋着杀死多少蝴蝶

我爱你啊，我的快乐咬在你的樱唇上。

你忍受了多少痛苦，为了习惯我，习惯我

孤单而又粗野的灵魂，还有我遭大家回避的姓名。

多少次我们注视着金星亮起，相互亲吻着眼睛，

霞光在我们头上展开，呈旋转的扇形。

我的话雨水般落向你，抚摩你。

很久以来，我就爱上了你螺钿般闪光的身体。

甚至相信你是宇宙的女主人。

我会从山里给你带来欢乐的花儿，

科碧薇[1]，黑榛子，还有一篮一篮野生的吻。

我愿和你一同

做春天和樱桃树所做的事情。

---

1 科碧薇（El copihue）：类似牵牛花，但花形更长，是智利的国花。

由于我爱你，风中的松林

愿用自己的针叶将你的名字歌唱。

你沉默时令我欢欣，因为我身旁似乎没有你这个人，

你从远方听我说话，却又接触不到我的声音。

你的眼睛好像已经飞走。

又好像一个亲吻合上了你的双唇。

由于万物充满我的灵魂

你浮在万物之上，同样充满我的灵魂。

梦之蝶啊，你就像我的灵魂

就像与"忧伤"同义谐音。

你沉默时令我欢畅，好像是在远方。

切切私语的蝴蝶啊，好像是牢骚满腔。

从远方倾听，我的声音到不了你耳旁：

用你的沉默叫我也不声不响。

让我也用你的沉默对你讲

它就像戒指一样纯朴，像灯盏一样明亮。

你就像沉默不语、满天星斗的夜色。

你的沉默就是星星的沉默，遥远而又平常。

你沉默时让我喜欢，因为你似乎不在我身边。

多么痛苦，多么遥远，好像已离开人间。

这时一个单词、一个微笑足矣，

我会心花怒放，因为你就在我面前。

情诗·第十六首

（对泰戈尔诗作的意译[1]）

黄昏时分，你在我的天空宛似云朵
而且有着使我称心如意的形状和颜色。
双唇甜蜜的女人，你属于我，属于我，
　　你的生命是我无限梦想的居所。

我的灵魂之灯为你的双足染上了玫瑰色，
　　我的酸酒在你的双唇变得甜了许多：
　　　　啊，我傍晚之歌的采集者，
　　我孤独的梦想觉得你何等地属于我。

　　你属于我，属于我，我在晚风中
呼喊，风儿拖着我失去配偶的声音。
　　我双眸深处的女猎手，你的盗取
　　　　似水停滞了你夜间的眼神。

亲爱的，你在我的音乐网中被俘获，
　　　　我的音乐网像辽阔的天空。
　　我的灵魂在你悲哀的眼边诞生。
　　梦的国度在你悲哀的眼中形成。

---

1 该诗是对泰戈尔《园丁集》第三十首的意译。

情诗·第十七首

思考，在深深的孤独中和影子纠缠。
你同样遥远啊，比任何人都远。
思考，放飞鸟儿，模糊形象，埋葬灯盏。
雾的钟楼，何等遥远，矗立在上面！
磨房主沉默寡言，
磨碎渺茫的希望，扼杀声声哀怨，
黑夜降临，远离城市，将你遮笼在其间。

你的存在如同物件，令我惊奇又与我无关。
我想，我的生活先于你，已走了很远。
我粗犷的生活，在所有人之前。
面向大海的呼喊，在岩石中间，
自由、疯狂地奔跑，冒着海雾漫漫。
可悲的愤怒，呼喊，大海的孤单。
放肆，猛烈，仰面朝天。

女人啊，你，在那无比巨大的扇面
你是什么？什么线条？像现在一样遥远。
树林里的烈火！燃烧在蓝色的十字架中间。
燃烧，燃烧，喷吐烈焰，林中火光闪闪。

烈火。烈火。劈啪作响，四处蔓延。

我被火花灼伤的灵魂在舞蹈。
谁在呼叫？什么样的寂静充满回声？
怀念的时刻，快乐的时刻，孤独的时刻，
在所有的时刻中，它属于我！
风儿歌唱着刮过吹响汽笛。
多少令人落泪的激情聚集在我的躯体。

我的灵魂，被所有的根震撼，
被所有的浪冲击！
无休止地滚动，快乐，悲戚。

思考，将一盏盏灯埋进深深的孤独里。
你是谁，谁是你？

情诗·第十八首

在此我爱你。

风在阴暗的松林中解脱自己。

月亮在游荡的水面上闪着磷光。

相同日子相互跟踪，此来彼往。

雾气散开，化作翩翩起舞的形象。

一只银色的海鸥坠落夕阳。

有时是一片帆。高高的，高高的星星挂在天上。

或者是一条船黑色的十字架。

茕茕孑立。

有时早晨起来，连我的灵魂都是湿的。

响声，远方的海洋在回响。

这是一个港口。

在此我爱你。

在此我爱你，地平线徒劳地将你隐蔽。

在这些寒冷的东西中我依然爱你。

有时我的吻在那些沉重的船上，

它们漂洋过海，驶向无法到达的地方。

我发现自己如同这些旧船锚已被遗忘。

当傍晚靠岸时港口更加悲伤。

我饥饿的生命已徒劳地疲惫。

我爱自己无有之物。你在那么远的地方。

我的厌倦在与缓慢的黄昏搏斗。

但夜色降临并开始为我歌唱。

月亮在转动她的梦想。

最明亮的星星用你的眼睛注视着我。

由于我爱你，风中的松林

愿用自己的针叶将你的名字歌唱。

情诗·第十九首

黝黑、灵敏的姑娘，太阳
使果实成长、水草茂盛、小麦灌浆，
造就了你快乐的身体、明亮的眼睛
并使水灵灵的笑容挂在嘴角上。

当你伸开双臂，一轮黑色、渴望的太阳
卷动在你黑色的发丝上。
你和太阳玩耍，宛似和小溪玩耍一样
它使两汪深色的水在你眼中流淌。

黝黑、灵敏的姑娘，我无法靠近你的身旁。
一切都使我远离你，像远离正午一样。
你是蜜蜂狂热的青春，
波浪的陶醉，麦穗的力量。

然而，我忧郁的心在将你找寻，
我爱你快乐的身体，轻松纤细的声音。
温柔而又坚定的黑色的蝴蝶
宛若麦田和太阳，水和虞美人。

诗句落在灵魂，像露珠落在草尖。

情诗·第二十首

今晚我能够写下最忧伤的诗句。

比如："夜缀满繁星点点，
蓝色的星星在远方抖颤。"

夜风在歌唱并在天空盘旋。

今晚我能够写下最忧伤的诗歌。
我爱她，有时她也爱我。

许多像今晚这样的夜，她在我怀中。
我吻她多少次啊，沐浴着无垠的天空。

她爱我，有时我也爱她。
怎能不爱她那双坚定的大眼睛。

今晚我能够写下最忧伤的诗句。
想到她已不和我在一起。感到我已将她失去。

倾听无限的夜晚，没有她更加无限。

诗句落在灵魂，像露珠落在草尖。

我的爱不能将她挽留，没什么关系。
夜缀满繁星而她没和我在一起。

这就是一切。有人在远方歌唱，在远方。
失去了她，我心不爽。

为了接近她，我的目光将她寻觅。
我的心也在将她寻觅，可她没和我在一起。

同样的夜晚使同样的树木闪着白色的光。
此时的我们与那时的我们已经两样。

此时我已不再爱她，真的，可我曾何等地爱过。
我的声音曾寻找过风，为了将她的听觉触摸。

属于另一个人。她将属于另一个人。像从前她属于
我的亲吻。
她大大的眼睛，她明亮的身体。她的声音。

我已不再爱她，真的，但或许还爱。
　　爱多么短暂，而遗忘又多么漫长。

因为在许多像今晚这样的夜里，她在我怀中。
　　失去了她，我的灵魂怎能高兴。

　　虽然这是她使我产生的最后的忧伤
　　可这些也是我写给她的最后的诗行。

对你的记忆从我所在的夜晚浮现。

河流向大海倾诉自己滔滔不绝的怨言。

绝望的歌

对你的记忆从我所在的夜晚浮现。
河流向大海倾诉自己滔滔不绝的怨言。

被抛弃的人，像拂晓的码头。
被抛弃的人啊，已经是离开的时候！

寒冷的花冠像雨水落在我的心上。
啊，溺水者残酷的洞穴，废料的底舱！

在你身上积累了战争与飞翔。
从你身上竖起歌唱鸟儿的翅膀。

你吞下了一切，犹如远方。
像海洋，像时光。一切都沉没在你身上！

那是进攻与亲吻的快乐时光。
惊喜的时光，宛似灯塔在点亮。

舵手的焦虑，盲目潜水员的怒火，
爱的陶醉痴迷，一切都在你身上沉没！

雾的童年，我的灵魂生了翅膀并受伤。
迷失的探险者，一切都在你的身上沉没！

你缠绕痛苦，抓住欲望。
悲伤将你打倒，一切都沉没在你身上！

我让阴影的城墙倒退，
我向前走，超越了欲望与行为。

啊，心肝啊，我的心肝，我爱过并失去的女人，
在这潮湿的时刻，我召唤你并为你而歌。

宛似一个杯子，你怀着无限的温柔，
可无限的忘却将你像杯子一样打破。

那是岛屿黑色的，黑色的孤独，
正是在那里，可爱的女人啊，你的双臂拥抱了我。

那里是干渴与饥饿，而你是水果。
那里是痛苦和废墟，而你是奇迹。

女人啊，我不知你怎能将我包容
在你灵魂的土地上，在你双臂的十字中！

　　我对你的欲望可怕而又短暂，
　　动荡而又痴迷，紧张而又贪婪。

　　亲吻的墓地，你的坟里还有火苗，
　　鸟儿啄食的串串果实还在燃烧。

　　被咬的双唇啊，被吻过的肢体，
　　饥饿的牙齿啊，相互纠缠的身躯。

　　啊，希望与勇气的结合多么疯狂
　　我们在那里拧成结却又绝望。

　　那柔情，如水与面粉般细腻。
　　那话语，宛若双唇间的气息。

那是我的命运，我的渴望在那里跋涉，
又在那里失落，一切都在你的身上沉没！

啊，废料的底舱，一切都落在你身上，
你榨取所有的痛苦，你窒息所有的波浪！

从浪尖到浪尖你依然在燃烧并歌唱。
就像一个水手屹立在船头上。

你仍在歌声中开花，仍在激流中奔腾
啊，废料的底舱，敞开的苦井。

苍白盲目的潜水员，倒霉的投石者，
迷失的探险者，一切都在你身上沉没！

这是离去的时刻，艰巨而又寒冷的时刻
黑夜随时在将它把握。

大海轰鸣的腰带缠绕着海岸。
黑色的鸟儿在迁徙，星星在涌现。

被抛弃的人，像拂晓的码头。
颤抖的影子扭结在我的双手。

啊，一切都已过去。啊，已成过眼烟云。

是离开的时候了。啊，我这被抛弃的人！

船长的诗

（1952）

大地是你

小小
玫瑰，
小小的玫瑰，
有时
小巧而且赤裸
似乎能在我
手中握，
于是我要握紧你，
将你置于我的口，
可是突然间
我的脚和你的脚相碰
我的口与你的唇相连，
你长大了，
肩膀高得像两座山冈
乳房游动在我的胸膛，
我的手臂几乎无法环绕
你那有着新月般曲线的细腰：
你放纵自己
在海水般的爱情里：
我几乎无法探测

你那比天空更广阔的眼神

便俯身向你的口，将大地亲吻。

女 王

我称你为女王。
有的女人比你高，比你高。
有的女人比你纯，比你纯。
有的女人比你漂亮，比你漂亮。

但你是女王。

你走在大街上
无人认识你。
谁也看不见你的水晶王冠，
谁也不看
你脚下踏着的
本不存在的金红的地毯。

每当你出现，江河
会在我体内响声大作，
钟声震撼天空，
世上洋溢着颂歌。

亲爱的，可是聆听者，

只有你我，
只有你和我。

陶　工

你的整个身体
注定有为了我的酒杯或甜蜜。

每当我将手举起
在每个地方都会遇到
一只雌鸽将我寻觅，
亲爱的，
似乎为了我这双陶工的手
人们用陶土缔造了你。

我的身体
渴求你的胸脯，
你的腰肢，你的双膝，
如同
干渴的土地
被撤掉模子留下的空洞，
在一起
我们便像一条河、一粒沙
那样完整。

那里是干渴与饥饿，而你是水果。

那里是痛苦和废墟，而你是奇迹。

九月八日

今天，是满满的杯，
今天，是巨大的浪，
今天，是整个大地。

今天，狂风暴雨的大海
在一个亲吻中将我们高举
高得使我们在闪电的光辉中
瑟瑟战栗，沉入水下
也不分离。

今天，我们的身体变得无限宽广，
一直延伸到世界的尽头，
它们融为一体，滚动
在一滴烛泪
或万千气象中。

在你我之间新开了一扇门，
有个人，尚无面孔，
在那里等候我们。

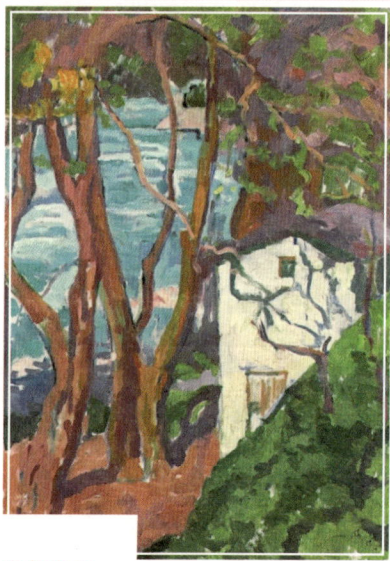

你到来就像露水落在花冠。

你的双手

亲爱的，当你的双手
伸向我的手，
是什么带给我飞翔？
它们为何突然
停在我的唇边，
我为何认识它们
似乎从前，
曾与它们轻触，
似乎前世
它们曾抚摸我的前额，
我的腰间。

它们的温柔来了，
飞过了时间，
飞过大海，飞过云烟，
飞过了春天，
当你将双手
置于我胸前，
我认出了
那金鸽的翅膀，

认出了那漂白的泥土

和麦穗的色泽。

在有生之年，我

一直为寻找它们而跋涉。

我穿过小径，

攀登阶梯，

流水将我带来，

火车将我带去，

在葡萄的表皮

我好像接触到你。

木材突然为我带来了和你的联系，

杏仁向我宣示了你隐秘的柔情，

直至你的双手在我胸前合拢

如同飞鸟的双翅

结束了自己的行程。

你的欢笑

如果你愿意，请拿走面包，
拿走空气，但是
别拿走你的欢笑。

别拿走我的玫瑰，
被你脱去外壳的长矛，
那在你的快乐中
突然喷涌的水，
那为你油然而生的
银色的波涛。

我的斗争艰巨，归来
带着疲劳的眼神
有时映入眼帘的
是一成不变的大地，
可是一进家，
你的欢笑便升上天空
将我找寻，并为我
打开所有的生命之门。

亲爱的，你在

最黑暗的时刻

笑容满面，如果突然

看见我的血

染红街上的石头，

那就笑吧，因为你的笑

对我的双手而言

就是寒气逼人的利剑。

秋天在海边，

你的欢笑应矗立起

浪花的瀑布，

而在春天，亲爱的，

我愿你的欢笑

像我等候的花朵，

蓝色的花朵，它属于

我响亮的祖国。

请嘲笑

黑夜、白昼和月亮，

嘲笑岛上

蜿蜒的街巷，

嘲笑那爱你的

愚蠢少年，

但是当我将双眼

睁开又闭上，

当我迈开双脚

离开又归来，

你可以不给我面包和空气，

不给我阳光和春天，

但绝不能不给我欢笑，

否则我会命丧黄泉。

岛上之夜

在岛上，在海边
整夜与你同眠。
你狂野而又温柔，在欢乐
与睡梦、水与火之间。

或许很晚了
我们的梦在顶端与底部
融合在一起，
上面像同一阵风吹动的枝条，
下面像相互纠结的红色的根须。

或许你的梦
曾与我的梦分离
并在黑暗的大海
将我寻觅，
就像从前
你还不存在时，
我航行驶过你身边
对你视而不见，
你的双眼在寻觅

我今日双手捧给你的东西
——面包，美酒，爱情和狂热，
因为你是一个酒杯
期待着我生命馈赠的精髓。

我与你同眠
整整一夜，伴随着
黑暗的大地
和生者与死者一起旋转，
当我在黑暗中
突然醒来，你的腰肢
被围在我的手臂。
无论是黑夜还是梦乡
都无法使我们分离。

我与你同眠
醒来时，你的口
离开梦乡，
将土地、海水、藻类
还有你生命深处的味道

献给了我，
我接受你的亲吻，
它浸润着霞光，好像
从围绕我们的海上
来到我身旁。

我愿和你一同
做春天和樱桃树所做的事情。

无限女子 [1]

你可见这双手？
它们曾丈量大地，
区分粮食和矿产，
缔造和平与战争，
曾抹去所有海洋与河流的距离，
然而，小姑娘，
像麦粒，像百灵，
可当它们靠近你
却无法将你包容，
它们疲惫不堪
追逐在你胸前
飞翔或休憩的孪生的雌鸽，
游遍你腿上的距离，
在你腰肢的闪光中翻转。
你是我的宝物，
比大海及其所有河流的蕴藏
更无限丰富，
你充实，蔚蓝，白皙，
犹如葡萄收获季节的大地。
在这片土地，

我要从你的双脚走向你的前额，

走啊，走啊，走啊，

将一生度过。

---

1 这是 La infinita 的直译，应是诗人对情人的昵称。

美　人

美人，
就像在源泉
清爽的石子中，水流
冲开浪花宽宽的闪电，
美人啊，
这便是你脸上的笑容。

美人，
纤细的手，瘦小的足，
像一匹银色的小马，
走啊，世界之花，
我看见你，
多么美丽。

美人，
你头上，
有一个凌乱的古铜色的巢，
闪着深色的蜜的色调，
美人啊，我的心
在那里休憩，燃烧。

美人，

你的脸庞容不下眼睛，

大地也无法将你的眼睛包容。

有国家，有河流，

还有我的祖国

也在你眼中，

我在你的眼中跋涉，

美人啊，

它们照亮了世界，

我在那里前行。

美人，

你的乳房像两个面包

美人啊，它们

用粮田和金黄的月亮制成。

美人，

我的手臂

在你温柔的身体上度过千秋，

美人啊，

使你的腰肢

变得像一条河流。

美人，

没有任何东西

堪比你的臀部，

或许世上有一个隐秘的地点，

美人啊

或许在那里

有你身体的芳香和曲线。

美人啊，我的美人，

你的指甲，你的皮肤，你的声音，

美人啊，我的美人，

你的存在，你的光，你的影，

美人啊，

这一切都属于我，美人啊，

都属于我，属于我，

无论你歇息或跋涉，

安睡或唱歌，

痛苦或梦想，
近在咫尺或远不可测，
美人啊，
你永远属于我，
永远
属于我。

大　地

碧绿的大地将田垄，
收成，金子，叶子，种子
变成一片黄色，
然而当秋天
竖起自己宽广的旗
我看到的却是你，
你分开麦穗的秀发
为我飘逸。

我看见古老碎石的遗迹，
但是当我
触到石头的疤痕
你的身体
回应我，
我的手指
突然颤抖着
认出你炽热的甜蜜。

在刚刚被授勋的
英雄们中间，

我经过战火和大地，
在他们后面，沉默不语，
迈着小小的脚步，
是不是你？

昨天，为了
看那矮小的老树，
人们将它连根拔起，
那时我见你
注视着我，从饱受
折磨、干渴的根部
走出。

当睡梦
使我延展并
将我带到自己的寂静，
一阵白色的狂风
摧毁了我的梦乡，
落叶像利刃
纷纷落在我身上

使我鲜血流淌。

每个伤口，都恰似
你樱唇的形状。

爱情十四行诗 100 首

（1960，选 20 首）

上午（选六）· 第二首

爱人啊，为了一个亲吻要经过多少跋涉，
要获得你的陪伴要忍受多少漂泊的寂寞！
孤独的列车冒着雨水不停地滚动。
塔尔塔尔[1]还没有黎明的春色。

但是你和我，亲爱的，已经在一起，
从衣服到根难舍难离，
无论在秋天，在水中，在臀部两翼，
在一起的，只有我，也只有你。

想到那条河挟带着多少石头，
波罗阿[2]之水才流到了出口，
想到不同的火车与国度将我们分开

而你和我却不能不彼此相爱，
与所有的人混在一起，有男人，也有
妇女，还有那种植与培育石竹花的土地。

---

1 塔尔塔尔是智利北部的一个小海港。
2 位于巴西、秘鲁与哥伦比亚的界河。

希望与勇气的结合多么疯狂
我们在那里拧成结却又绝望。

上午（选六）·第五首

不让夜晚、空气和黎明将你触摸，

只让大地和一束束鲜花的品德，

你芬芳家乡的泥土与树脂，

还有沐浴着纯洁雨露成长的苹果。

从琴查马利[1]，那里缔造了你的眼睛

到弗隆特拉[2]，为我创造了你的双足

你是我熟悉的深色漂白的泥土

我重新触摸到了小麦，在你的臀部。

阿劳科女人[3]啊，或许你不知道

在爱你之前，我曾忘记你的吻

我的心，只记得你的唇

我宛似街上受伤的行人

亲爱的，直至我恍然大悟：

找到了自己火山与亲吻的领土。

1 琴查马利是玛蒂尔德出生地的一个小镇。

2 弗隆特拉是聂鲁达度过童年的地方。

3 阿劳科人是居住在智利南部的印第安人，曾与西班牙征服者进行过英勇卓绝的斗争。

上午（选六）·第七首

"你会跟我来"，我说过，无人知道
　我的痛处在哪里并如何颤抖，
　　对于我，没有船歌也没有石竹，
　　　无非只有一道爱的伤口。

我重复：跟我来吧，如同我在死亡，
　无人看到我嘴上淌血的月亮，
　　无人看到那升华到寂静的血浆。
爱人啊，此刻让我们将那带芒刺的星星遗忘！

因此，当我听到你的声音你在重复
　"你会跟我来"，就好像在释放
　　痛苦，爱情，葡萄酒的愤怒

这酒升上来，从地下的酒窖
我口中重又感受火焰、血液、
　　石竹、岩石与烧伤的味道。

爱是一种闪电间的搏斗，两个身体
为了一种甜蜜斗得都俯首低头。

上午（选六）·第十一首

我渴望你的双唇，你的秀发，你的声音，
　　我走在街上忍饥挨饿，沉默不语，
　　面包不支持我，黎明使我心神不定，
　　　整天在寻觅你脚步声的流动。

　　　我渴望你滑行的笑声，
　　你双手宛似巨大谷仓的颜色，
　　你指甲的洁白的石片，我想品尝
你的肌肤，像品尝完整的杏仁一样。

　　　我想品尝你美貌上的闪光，
　　你俊俏脸上高傲的鼻梁，
　　品尝你睫毛上转瞬即逝的阴影

　　　如饥似渴地嗅着傍晚的霞光
　将你寻觅，寻觅你火热的心，就像
美洲豹，在吉特拉图埃孤独的土地上。

亲爱的，我数过你的身躯：

一朵一朵的花，一颗一颗的星，

一个一个的波浪。

上午（选六）· 第十二首

充实的女性，丰腴的苹果，温暖的月亮，
水藻浓郁的芳香，顽强的泥土与光芒，
男子用感官抚摸多么古老的夜晚？
多么黑暗的光明在你的蕊柱间绽放？

啊，冒着令人窒息的空气与粉尘的风暴，
爱是一次沐浴着水与星星的遨游：
爱是一种闪电间的搏斗，两个身体
为了一种甜蜜斗得都俯首低头。

我一个吻一个吻地在你小小的无限徜徉，
你的边缘，你的河流，你小小的村庄，
而那化为快感的生殖之火

在血液狭窄的道路上流淌
直至像一朵夜间的石竹匆匆落下，
宛似阴影中若有若无的光芒。

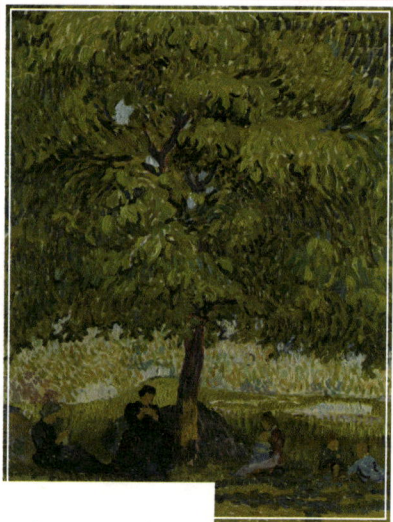

可以用所有快乐的话语将你赞扬。

上午（选六）·第二十首

我的丑女，像没有梳妆的栗子一样，
我的美女，像风一样漂亮，
我的丑女，你的口可以做成两张口，
我的美女，你的吻像西瓜一样清爽。

我的丑女，你的乳房隐藏在何方？
它们细小得像两个麦穗一样。
我愿看到你胸脯上的两个月亮：
两座高大的塔楼耸立在你的领地上。

我的丑女，大海在其店房里没有你的指甲，
我的美女，亲爱的，我数过你的身躯：
一朵一朵的花，一颗一颗的星，一个一个的波浪。

我的丑女，我爱你黄金的腰肢，
我的美女，我爱你前额上的皱纹，
我爱你，无论光明或黑暗，啊，我的爱人。

中午（选四）· 第三十三首

亲爱的，现在咱们回家
那里的藤蔓在沿着台阶向上爬：
在你走进自己的卧室之前
赤裸的夏日已经迈着忍冬的双脚到达。

我们流浪的亲吻漫游了世界：
亚美尼业，浓浓的蜜滴被挖掘出来，
锡兰，绿色的鸽子，扬子江
用古老的耐心将日夜分开。

现在，亲爱的，沿着劈啪作响的海洋
我们像两只盲目的鸟儿回到墙头，
回到遥远春天的巢房，

因为爱情无法不停地飞翔：
我们的生命要走向大海的岩石或峭壁，
所有的亲吻都回到了我们的领地上。

因为爱情无法不停地飞翔：
我们的生命要走向大海的岩石或峭壁，
所有的亲吻都回到了我们的领地上。

中午（选四）· 第三十四首

你是大海的女儿，香草的表妹，
女泳者啊，纯洁的水缔造了你的身体，
女厨师啊，你的血液是有生命的泥土，
　　你习惯的是鲜花和大地。

你的眼睛注视水面便使得浪花汹涌，
你的双手伸向大地便使种子跳动，
　　你在水中和地里有丰厚的财富
它们宛似黏土的法则在你身上交融。

水仙啊，请将你绿宝石的身躯剪裁
　　然后在厨房复活并使花儿绽放
　　　　从而承担起一切的存在

　　并最终安睡在我的胸怀，
梦中的浪花是蔬菜、海藻和芳草，
为了让你休息，我的双臂会将阴影拨开。

希望与勇气的结合多么疯狂

我们在那里拧成结却又绝望。

阳光进来了，像玫瑰园开放。
你的手从我的眼睛向白昼飞翔。
沙滩和天空在颤动，像至高的
蜂巢被砍，在绿松石中。

你的手演奏音节，叮当作声，
杯盏，油壶，泉水，花朵，
尤其还有爱情，亲爱的：
你纯洁的手佑护着一把把调羹。

那是傍晚。黑夜将天空的幕帐
悄悄滑向男子汉的梦中。
散发忧伤而又狂野气味的是忍冬。

你的手飞回来了
要将它们那我以为丢失的羽毛
封闭在我被黑暗吞噬的眼睛。

爱情像一个无垠的巨浪

使我们化作繁星碰在岩石上。

中午（选四）·第三十七首

啊，亲爱的，疯狂的闪电和紫红色的威胁，
你来看我，从那清爽的楼梯
上到时光用雾幔为其加冕的城堡，
封闭心灵苍白的墙壁。

无人知道只有温柔
把坚硬的玻璃建造得像城垣
血液在开辟不幸的隧道
但其专制并未将冬季推翻。

因此，亲爱的，你的口，你的足，
你的光，你的痛，无不是生命的财产，
雨水和大自然神圣的馈赠

它接受并升华五谷的孕育，
窖中葡萄酒秘密的风暴，
还有粮食在大地燃起的火苗。

下午（选四）· 第五十九首（G.M.）[1]

可怜的诗人们啊，生命与死亡
都在迫害他们，以同样的固执，
然后便淹没在喧闹的浮华中，
被赋予纪念的仪式和葬礼的牙齿。

现在，他们——像石子般暗淡，
在犷傲的骏马后面，伸展，
行走，最终被多事者管辖，
在侍从中，不得安静地入眠。

此前，当确信死者已经归天
人们用火鸡、猪肉和其他演说家
将葬礼变成一场可悲的筵宴。

人们窥视其死亡并将她欺凌：
只因为她的口已经合拢
不能再发出回应的歌声。

---

1 G.M. 是智利女诗人加夫列拉·米斯特拉尔（Gabriela Mistral）名字的缩写。

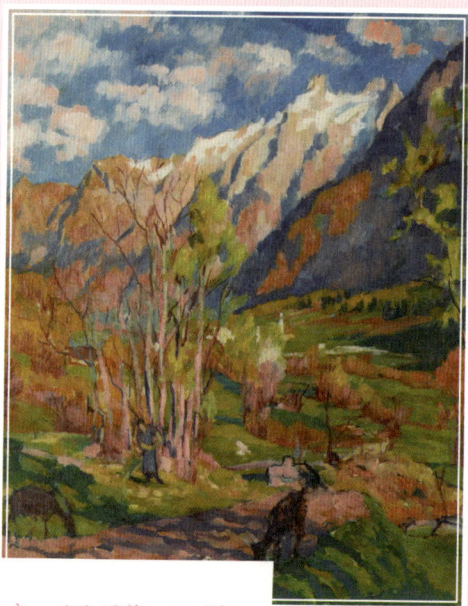

从船上仰望天空。从山冈将田野眺望。
你的记忆是光芒、烟雾与平静的池塘！

下午（选四）· 第六十首

曾经想祸害我的人在伤害你，
那毒药对我的攻击
宛似从我作品的网中过去
将锈迹与失眠的痕迹留给你。

亲爱的，我不愿看到那窥视我的仇恨
穿行在你的前额鲜花盛开的月亮上。
我不愿让外来的怨恨将利刃
被遗忘的无用的王冠丢在你的梦乡。

我行走，身后便有痛苦的步履，
我欢笑，便有可怕的鬼脸在模仿，
我歌唱，妒忌便嘲笑，咬牙切齿，恶意中伤。

亲爱的，那就是生活强加给我的阴影：
那是一套空洞的衣服在一瘸一拐地将我跟踪
活像一个稻草人，面带血腥的笑容。

我曾爱你，曾为你将万物歌唱。

下午（选四）· 第六十一首

爱情带来了痛苦的尾巴，
芒刺长长的静止的光带，
我们闭上眼睛，因为任何
任何伤害也不能将我们分开。

这哭泣并非你眼睛的过失：
你的双手并未钉在这把剑上：
你的双脚并未将这条路寻找：
暗暗的蜜流到你的心房。

当爱情像一个无垠的巨浪
使我们化作繁星碰在岩石上，
使我们仅仅和一种面粉揉在一起，

痛苦落在了另一张温柔的脸庞
于是受伤的春天献身
在季节开放的阳光。

你的肌肤是我的亲吻建立的共和国。

下午（选四）·第六十五首

玛蒂尔德，你在哪里？我发现了，向下，
　　在领带和心脏之间，在上方，
　　　肋骨间莫名的忧伤，
　　　你突然踪迹渺茫。

　　我需要你精力充沛的光芒；
　　　我巡视，吞噬希望，
　　　巡视你不在家的空虚，
　　　只剩几扇悲哀的窗。

　　　纯粹静默的天花板
　　聆听古老的叶片脱落的雨滴，
　　还有羽毛，夜所俘获的东西：

　　我像孤独的家，这样等你
　　你会再来看我并和我住在一起。
　　否则，门窗会使我痛苦不已。

夜晚（选六）· 第七十九首

夜里，亲爱的，将我们的心系在一起，
它们在梦中能将黑暗打翻在地，
如同在树林里敲打两面鼓
抗击潮湿树叶堆积成的厚厚的墙壁。

夜间的行程：梦幻黑色的火炭
将大地葡萄的线路截断，
以狂热列车的准点，拖着
阴影和寒冷的石头不停地向前。

因此，亲爱的，将我系在更纯洁的
行动上，系在坚韧上，它在你胸中
拍打，用浸在水中的天鹅的翅膀，

为了让我们的睡梦只用一把钥匙，
只用一扇被阴影关闭的门，
回答天空繁星般的疑问。

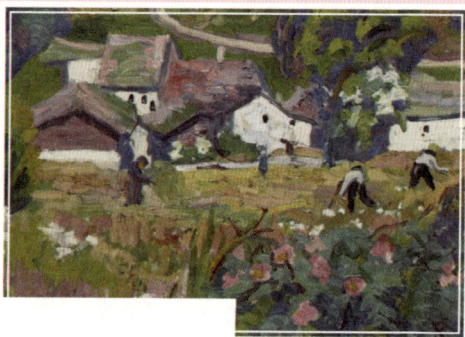

时间携带着我们像飘浮的谷粒。

夜晚（选六）·第八十一首

你已经属于我。请带着你的梦栖息在我的梦里。
爱情，痛苦，劳作，此时都应进入梦乡。
夜旋转在自己无形的轮子上，而在我身旁，
你纯洁得像熟睡的琥珀一样。

亲爱的，任何人都不能进入我的梦乡。
而你，将与我一起走在时间的水面上。
任何人都无法和我一起在阴影中漫游，
只有你，千日红，永恒的太阳，永恒的月亮。

你的双手打开娇嫩的拳头
让温柔的符号落下，漫无方向，
你的双眼闭上，像两只灰色的翅膀，

我跟随你带来的水，这水又带着我流淌：
夜晚，世界，风卷起自己命运，
没有你，我不过是你的梦想。

我记得你宛若去年秋天的模样。

灰色的贝雷帽，平静的心情。

夜晚（选六）·第八十九首

我死时，愿你用双手捂住我的眼睛：

愿麦穗和光明在你可爱的手中

重又让清爽从我身上飘过：

让我感受这改变命运的柔情。

当我安息时，我愿你活着，我在等你，

愿你的耳朵继续将风儿倾听，

闻着我们共同爱过的大海的芳香，

继续踏在我们踏过的沙滩上。

愿我的所爱继续活着，

我曾爱你，曾为你将万物歌唱。

因此，你盛开的鲜花要继续开放，

为了让你得到我的爱所赋予你的一切，

为了让我的影子漫步在你的秀发上，

为了让人们明白我为什么这样歌唱。

夜鸟啄食那些初升的星星

它们在闪烁，宛似我爱你时的心灵。

夜晚（选六）·第九十首

我想过死，那时感到身边的寒气，
我耗尽平生，只留下了你：
你的口是我在世间的白昼与夜色
而你的肌肤是我的亲吻建立的共和国。

在那个瞬间，不断积累的书籍、
友情、宝贝都已凋零，
还有你我共同营建的房舍：
一切都化为乌有，只剩下你的眼睛。

因为当生活将我们逼迫，爱情
不过是波浪中的巅峰，
唉，可是当死神来叩响门铃

只有你的光明为了不再是光明，
只有你的目光注视那巨大的空虚，
只有你的爱为了封闭阴影。

夜晚（选六）·第九十二首

亲爱的，倘若我去世而你未去世，
亲爱的，或者你不在而我尚在人寰，
咱们不给痛苦更多的领地：
我们占居的是最大的空间。

麦子中的灰尘，沙滩里的沙，
流动的水，漫游的风，时间
携带着我们像飘浮似的谷粒。
我们在时间中或许不能相遇。

让我们相遇的这片草原，
啊，这小小的无限！我们归还。
但是爱人啊，这份爱并未结束，

这就如同它没有诞生
也就不会死亡，像一条长河，
只变换双唇和地方。

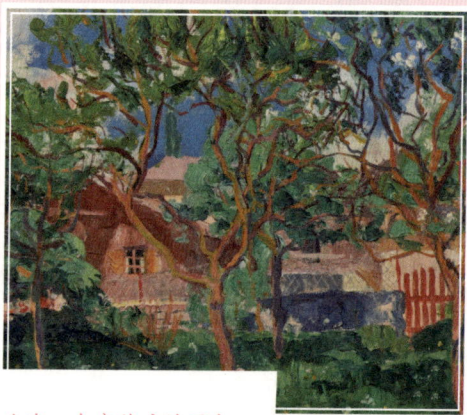

你是最后的玫瑰，在我荒凉的园中。

夜晚（选六）·第一百首

在大地中央，为了将你眺望
我会将绿宝石拨向一旁
而你会用一支信息员的水笔
将谷穗临摹在纸上。

多么美的世界！多么妙的香葱！
甜蜜中的航船多么有幸！
或许你我都是美玉！
钟声里不再有纷争。

只有自由自在的空气，
苹果的生长都沐浴着和风，
枝叶间的书本有丰富的营养：

那是康乃馨生长的地方，
我们将缔造一件衣物
经得起胜利之吻的地老天荒。